"Minerais, vegetais, animais e almas humanas estão pedindo habitualmente, e a Providência Divina, através da Natureza, vive sempre respondendo".
FEB - Fonte Viva - Emmanuel / Francisco Cândido Xavier, capítulo 150, pág. 339.

Era uma vez uma menina que usava laço de fita cor-de-rosa nos cabelos. Seu rosto, sempre alegre, naquele dia estava triste: não conseguia sorrir por mais que tentasse: achava que o mundo era injusto e que nunca mais teria graça.

Até que sua melhor amiga lhe perguntou:

– Por que você está com essa cara amarrada parecendo tênis sujo com nó duplo?

– Ai, minha amiga, o meu cachorrinho, o Gentil, está doente. Nós o levamos ao médico de bichos, quer dizer, ao veterinário, mas ele disse que Gentil pode morrer dentro de poucos dias.

A amiga respondeu:

– Não fique triste, o seu cachorrinho não vai morrer!

– Vai sim, o veterinário disse que a doença é grave!

– Você não sabe que ninguém morre?

– Morre sim – respondeu a menina – a minha avó e a minha tia já morreram.

– Menina, ninguém morre, nosso espírito é eterno, você sabia? Com os cachorros não é muito diferente.

– Amiga, será mesmo?

– Eu acredito que sim, pois se somos seres vivos e os cachorros também são; se nossos espíritos não morrem, os dos bichos também não...

– Como assim, nós não morremos? Eu ainda não entendi.

– É assim: nosso espírito não morre, só o nosso corpo. Depois disso, voltamos várias vezes ao planeta Terra para sempre aprendermos mais e mais a amar, a respeitar os nossos irmãos e amigos que estão na Terra conosco etc. Como eu e você: hoje somos amigas, numa outra vida poderíamos ter sido irmãs e na próxima poderemos voltar amigas novamente. Isso se chama Reencarnação.

– Mas por que tudo isso?

– Esse vai-e-vem serve para que possamos seguir nossa evolução, que é o aprendizado que vamos juntando. Pense assim: imagine que você tem um cofre e todas as vezes que você faz ou aprende uma coisa boa ganha uma moeda, que é guardada no cofre. Isso acontecerá por toda sua vida. E lembre: as moedas ganhas nunca serão devolvidas, fazer uma coisa errada não quer dizer que uma moeda ganha terá de ser devolvida, mas pode fazer com que você fique um tempão sem ganhar moedas novas (cada moeda nova representa um passo na sua evolução, pelo caminho reto no bem).

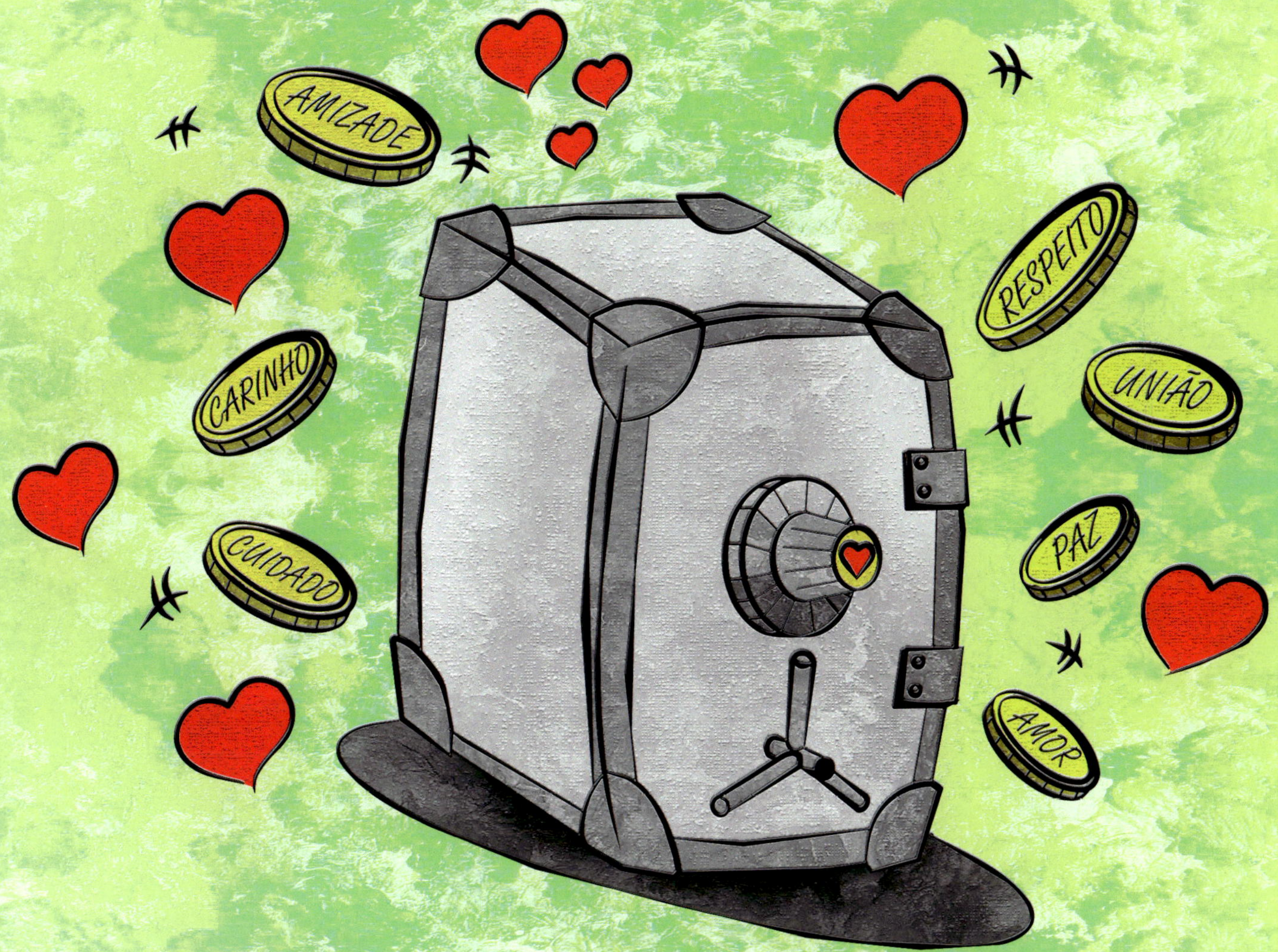
AMIZADE
RESPEITO
CARINHO
UNIÃO
CUIDADO
PAZ
AMOR

– Acho que entendi! E quando o cofre estiver cheio?

– Menina, quando o cofre estiver cheio você poderá saber que teve boas atitudes, verá o quanto aprendeu e ganhará outro cofre. Cada cofre cheio será como uma conquista na sua encarnação. Quando desencarnamos, ou seja, morremos, nossas boas e más atitudes são contadas – como as moedas do cofre. Se ainda não aprendemos algo, retornaremos ao planeta para enchermos mais cofres de virtudes, até conseguirmos ser bons e evoluir o bastante para alcançar a perfeição, mas para isso precisamos ir e vir ao planeta Terra várias vezes.

A menina perguntou:

– Amiga, mas isso acontece com o meu cachorrinho também?

– Não é bem assim, o seu cachorrinho ainda age por instinto, mas ele também evolui e você deve ter contribuído para isso.

– Então, um dia o meu cãozinho vai ser gente?

– Calma! O estágio de evolução do cachorrinho é diferente! Tudo o que tem vida no planeta evolui e tudo que é vivo é uma criação de Deus. Por isso, devemos amar e respeitar tudo o que existe na natureza. O Gentil, seu cachorrinho, não tem um espírito como o nosso ainda (se tivesse, ele não seria um cachorro), mas o que o deixa estar vivo é o Princípio Inteligente.

– Amiga, agora embolou toda a conversa. Vamos ver se eu entendi: o espírito do cachorro se chama Princípio Inteligente?
– Quase isso. Hoje, o que anima o corpo do Gentil é o Princípio Inteligente, que vai evoluir e um dia se tornará espírito.
– Por isso, dizem que os cachorros um dia serão gente?
– Os cachorros não poderão ser gente, mas o Princípio Inteligente e a sua inteligência caminham juntos para que um dia tornem-se um espírito, mas isso ainda demora bastante. Entendeu?
– Mais ou menos!
– Preste atenção, vou te explicar: Deus nos criou, certo?
– Certo.

– Então, faz de conta que o Princípio Inteligente é como uma semente de milho. É como se Deus tivesse criado uma sementinha de milho. Ele a plantou, ela germinou no fundo da terra, depois saiu do solo, adquiriu tamanho e folhagem e passado algum tempo tornou-se fruto (milho), que mais tarde será colhido. O Princípio Inteligente foi criado por Deus. No começo, o Princípio Inteligente faz um estágio: ele passa um tempo no reino mineral (o das pedras), pois ainda é sutil como a semente jogada no solo; depois o Princípio Inteligente estagia no reino vegetal: é quando a semente está começando a germinar no solo; depois estagia no reino animal, pois já tem uma característica muito importante que é a racionalidade, que em meu exemplo acontece quando a semente virou uma plantinha e como plantinha adquiriu a folhagem do milho e seguiu crescendo! Depois disso tudo, a evolução do Princípio Inteligente está pronta para receber um corpo e se tornar humano: nesse instante a nossa semente já virou fruto, pronto para ser colhido. Esse fruto será colhido pelo Amor de Deus, que nos deu um corpo para que evoluíssemos ainda mais, sendo agora um espírito. E esse espírito tem o amor como sua maior riqueza! Por isso, nosso corpo é muito importante e devemos cuidar muito bem dele! Ele é a casa do nosso espírito enquanto estamos na Terra. Agora deu para entender?

– Agora sim! Entendi que um cachorro não será homem, mas sim o Princípio Inteligente, que mora no corpo do Gentil, esse sim um dia será um espírito.
– Isso, menina! Se tudo na Terra evolui, por que os bichinhos também não poderiam?
– É mesmo, amiga. Você tem razão, pensando por este lado, o homem já evoluiu bastante, não é mesmo? Minha mãe me contou que quando ela nasceu não existia internet nem celular! Imagina só?
– E ela nem é tão velha assim!
– É menina, já crescemos bastante, o homem já inventou um montão de coisas legais! Já inventou até foguete que vai a outros planetas!
– O homem agora precisa aprender mais a caridade e o amor ao próximo como Jesus nos ensinou – aí sim nosso espírito vai evoluir.

– Amiga, onde você aprendeu tudo isso?

– Ah, menina! Minha família me leva às aulas de evangelização desde que era pequenininha. Aprendo muito lá! Você quer ir comigo no próximo sábado? Lá tem uma turma muito legal! Acho que você vai adorar!

– Claro que quero, e eu nem estou mais triste com a doença do Gentil! Agora sei que ele poderá voltar muitas vezes até o Princípio Inteligente estar pronto para ser um espírito. Gentil é um cachorro muito dócil e inteligente. Sabe, não foi por acaso que escolhi o nome Gentil para ele, repare que esta palavra se parece com a palavra gente!

– Que legal! Gente e Gentil!
As amigas riram da comparação entre as palavras. Agora a menina já não estava mais tão triste assim.

Foi então que a amiga falou:

– Que bom que você voltou a sorrir! Vamos fazer vibrações para que o Gentil melhore logo! – disse a amiga toda empolgada.

– Você me ensina como fazer?

– Vou lhe ensinar muitas coisas e tenho certeza que você vai adorar as aulas de Evangelização na Mocidade Espírita...

E não pensem que ficaremos sem notícias do Gentil; essa história não acaba aqui. Gentil foi tratado com muito amor, se recuperou de sua doença, teve filhotes com uma cadelinha linda! Juntos, Gentil e sua dona se divertiram muito, por muitos anos.